IL

Un témoignage de Mary Jam

Mary Jam

IL

En application de l'art. L.137-2.-I. du code de la propriété intellectuelle, toute reproduction et/ou divulgation de parties de l'oeuvre dépassant le volume prévu par la loi est expressément interdite.

© Mary Jam, 2025

Relecture : Mary Jam, Baptiste Shizeh
Correction : Mary Jam
Illustration : Baptiste Shizeh

Édition : BoD · Books on Demand, 31 avenue Saint-Rémy, 57600 Forbach, bod@bod.fr
Impression : Libri Plureos GmbH, Friedensallee 273, 22763 Hamburg (Allemagne)

Impression à la demande
ISBN : 978-2-3225-4038-9
Dépôt légal : Mars 2025

AVERTISSEMENT AU LECTEUR

Ce texte aborde des sujets sensibles et intenses, notamment la violence conjugale, l'humiliation et le harcèlement psychologique. Il contient des descriptions de comportements abusifs, de menaces et de scènes de souffrance émotionnelle et physique. Le récit peut être difficile à lire pour certaines personnes, notamment celles qui ont vécu des situations similaires.

Si vous vous sentez vulnérable ou avez besoin de soutien, il est recommandé de vous éloigner du texte ou de vous entourer de ressources appropriées.

Le but de ce récit est de mettre en lumière la réalité de la violence psychologique et physique dans une relation, et de partager un témoignage brut de souffrance dans l'espoir de sensibiliser, d'aider et d'offrir une sorte de libération.

Les noms des personnages ont été changés pour respecter leur anonymat.

I L

J'arrive aux urgences, l'estomac en vrac, ma coupure qui saigne, un déluge de larmes mouille mes joues.

Je suis encore là.

Nous sommes au mois de novembre 2017, et il fait encore plus froid dans mon cœur que dehors.
La soirée d'hier laissera des traces, non seulement sur mon poignet, mais sur le reste de ma vie. Tout s'est passé en une fraction de minute.
Une déferlante de violence, encore une !

Ce soir-là, la tension est palpable comme toujours. Je prépare le repas le cœur lourd, au menu : magrets de canards et frites. Va-t-il aimer ? Ou vais-je avoir droit aux remarques habituelles ?

Il se sert un deuxième ou troisième apéritif, comme à son habitude ! Nous nous apprêtons à nous mettre à table quand un SMS fait retentir mon téléphone. Il s'empresse de le prendre, enfin, de me l'arracher des mains en me projetant violemment au sol devant le regard de mes enfants. Je suis en larmes, il hurle, lit le message à haute voix.

« Je pense à toi. » « Je t'aime, bisous. »

Je vois un mélange de peur, d'écœurement, de colère dans les yeux de mes fils.

Il me traite de tous les noms en hurlant à travers la cuisine, me bousculant violemment. Les enfants sont en larmes, ils ont peur, déçus certainement aussi.

Il s'empresse de rappeler le numéro en vociférant à son interlocuteur, il a son regard noir, ses épaules font des mouvements d'avant en arrière, je sais que sa colère va être terrible !

Il monte, il hurle, récupère les enfants qui sont montés à l'étage pour les emmener chez ses parents, pour ne pas les laisser « avec une tarée pareille ! »

Les enfants ne me regardent même pas ! Je ne suis plus rien pour eux à ce moment-là !

En fermant la porte, il dit : « Je reviens et je vais m'occuper de ton cas ! »

Je reste seule, le corps et le cœur meurtris, les larmes qui ruissellent sur mes joues.

En finir ! Si je ne suis plus rien aux yeux de mes enfants, qui eux seuls me permettent de survivre, je n'ai plus qu'une chose à faire, en finir !

Je prends le premier couteau qui me passe sous la main, entaille mes veines du poignet gauche. Il ne coupe pas à l'horizontale, à la verticale, une incision légère, j'insiste, ça ne sera pas suffisant ! Je monte chercher les antidépresseurs dans ma table de nuit, prescrits quelques semaines plus tôt par le médecin, et j'avale la plaquette entière avec la moitié, peut-être plus, de la bouteille de rosé pamplemousse posée sur la table. Je n'ai plus aucune raison de vivre sans l'amour de mes enfants !

Mes larmes n'ont pas cessé de couler. Je me sens vide, tellement vide, inexistante… Je sens les effets des médocs, me traîne jusqu'à mon lit, sur lequel j'espère qu'il sera le lieu de mon dernier soupir, je sens mon corps me lâcher peu à peu…

Je ne me souviens pas de son retour. Il paraît qu'il a essayé de me réveiller, à appeler le SAMU et à veiller à ce que je respire régulièrement.

Mon corps entier est douloureux. Mes yeux sont gonflés à avoir tant pleuré, mon estomac est douloureux à cause certainement des médicaments, mes côtes sont meurtries par la chute violente de la veille…Je suis encore vivante, du moins physiquement ! Mon cœur lui est mort ! Je pleure encore, ma voix n'arrive même pas à sortir.

Il me propose de m'emmener aux urgences, comme lui a conseillé le médiateur du SAMU la veille.
Sans un mot, je monte dans la voiture, mon poignet me fait souffrir, il saigne encore, je suis prise en charge assez rapidement.

Je reste seule un petit moment, mes larmes ne cessent de couler. Une infirmière arrive, me demande comment je me sens et je m'écroule en pleurant encore plus.

« Que s'est-il passé ? » Me demande-t-elle.
— J'ai reçu un SMS de mon ami, amant ! Enfin, c'est compliqué. »
Elle s'assoit près de moi, en me tendant un mouchoir. Elle est douce et à l'écoute.

« Prenez votre temps, racontez-moi, je ne suis pas là pour vous juger. »
Évidemment que je me sens juger !
Entre deux suffoquements, je lui raconte :

« J'ai trompé mon mari, non pas pour le tromper, mais pour me sentir exister. Depuis des années, il me trompe, me reproche tout et n'importe quoi. Je ne suis à la hauteur de rien ! Mauvaise mère, mauvaise épouse, mauvaise cuisinière… Mauvaise en tout et bonne n'a rien. J'avais besoin de me prouver à moi-même que j'avais un peu de valeur, de reprendre un peu de confiance en moi ! »

Je sens son regard compatissant sur moi, quand je relève brièvement la tête puis la rebaisse pour continuer :

« Je ne l'ai trompé qu'une seule fois, nous ne nous voyons plus, mais j'avoue que ces messages m'ont fait sentir revivre et là, hier au soir, un message inattendu a eu un effet de bombe ! L'humiliation que j'ai ressentie, cette incompréhension, toute cette violence devant nos enfants ! Je me suis sentie inexistante encore, nulle, comme toujours ! Alors, j'ai voulu en finir avec cette chienne de vie ! Si je n'ai plus l'amour de mes enfants, je ne suis plus rien ! » et je m'effondre une fois de plus.

— Je comprends, me dit-elle,

Elle prend mon poignet, que j'essaie de cacher délicatement.

— On va soigner ça, c'est un appel au secours en fait, je vous sens tellement malheureuse.

— Si vous saviez combien je me sens sale, seule, rien ! Ce que j'ai lu dans le regard de mes enfants hier m'a tuée ! Je ne suis déjà rien pour mon mari depuis bien longtemps ! Seuls mes enfants m'ont fait tenir jusque-là. »

Elle s'absente un long moment, je crois qu'elle est partie le rejoindre. Elle revient un moment après, essuie mes larmes de mes joues et me dit.
« Il ne faut pas rester comme ça ! Vous avez besoin de prendre soin de vous ! Je vais vous diriger vers une antenne psychiatrique. »

Mon monde s'effondre ! Ils me prennent pour une folle ! Évidemment, je ne suis pas folle ! Je suis meurtrie ! Anéanti par toutes ces remarques, toutes ces trahisons, sali depuis des années, être à la hauteur de rien ! Et on m'envoie dans un hôpital psychiatrique !

Je n'ai pas le choix ! Je n'ai le choix de rien depuis hier ! Ce message m'a frappée sans prévenir, et ses conséquences m'entraînent dans un tourbillon que je ne contrôle pas. J'en veux au monde entier et surtout à moi-même.

Pas un mot ne sort de ma bouche durant le trajet vers l'hôpital, seules mes larmes continuent à couler et cette fatigue immense qui envahit mon corps. Les antidépresseurs sont encore là. Pas de lavage d'estomac ou autre, la dose administrée était trop faible pour ça, attendre que les effets partent d'eux-mêmes sous surveillance bien sûr !

Arrivés à l'hôpital psychiatrique, j'attends avec lui dans la salle d'attente, puis on nous installe dans une pièce avec un bureau.

Pourquoi reste-t-il avec moi ? Pourquoi ne m'a-t-il pas laissée seule dans cette salle d'attente, comme on le ferait pour n'importe qui ?

Il prend immédiatement la parole, quand le médecin entre dans la pièce. Il explique que « mon amant » a envoyé un message hier soir, qu'il a préféré éloigner les enfants en les emmenant chez ces parents et qu'à son retour. Il m'a trouvé gisant sur le lit, du sang au poignet et l'impossibilité de me réveiller, qu'il a trouvé la plaquette de médicaments vide et appelé le SAMU.

Évidemment, il ne parle pas de sa façon de me traiter depuis des années, des insultes quotidiennes, des menaces ni de toutes les humiliations auxquelles j'ai eu droit.

Le médecin me parle de manière séche.

La tête baissée, je pleure sans un mot. Elle le fait enfin sortir de la pièce, me demande de la regarder et de lui raconter ce qui s'est passé pour que j'en arrive là.

Je répète une fois de plus mes ressentis. Ces multiples trahisons, ces remarques incessantes, ces tromperies à répétition, ce sentiment d'être rien, personne, ce besoin de me sentir exister…

« Pourquoi restez-vous avec un tel homme ? » me demande-t-elle.

Je ne sais pas, pour mes enfants, parce que j'ai peur… et je m'effondre une fois de plus.

Son ton devient plus compatissant :
« Vous devez penser à vous et à vos enfants, ne pas vous laisser dévaloriser. Il vaudrait mieux que vous vous éloigniez de lui le temps de vous remettre.
— Je ne veux pas m'éloigner de mes enfants !
— Vous n'êtes pas obligée, mais pensez-y, me dit-elle en prenant la poignée de la porte. »

Elle l'appelle, le voilà qui arrive. Elle lui explique que ses réactions ont été excessives, que je suis en grande détresse émotionnelle, elle préconise un peu de repos et un éloignement temporaire pourrait être bénéfique pour nous deux. Elle rajoute que je refuse la mise en repos à l'hôpital, mais qu'il doit être attentif.

Elle me prend rendez-vous pour un suivi de situation dans une antenne de l'hôpital près de notre domicile et que si j'en éprouve le besoin, il est possible de venir me reposer dans l'enceinte de l'établissement. Elle me prescrit des antidépresseurs et des somnifères et lui conseille de ne pas me laisser seule pendant quelque temps.

Peu d'échanges durant le trajet retour. Je suis épuisée, il me dépose à la maison avant d'aller chercher les enfants qui s'inquiètent pour moi malgré tout.

Je m'endors sur le canapé en larmes. Quand je me réveille, personne n'est encore là ! Je revis la soirée d'hier. Les mots de mon grand ont été d'une violence sans nom à mon égard : « Je te déteste ! Tu n'es plus ma mère ! » Ces mots comme des balles ont perforé mon cœur. Mon plus jeune aurait dit la même chose à ma belle-mère, je suis détruite à l'intérieur.

Lorsqu'ils arrivent enfin, je pleure encore, mon grand m'en veut. Je le sens, je le vois dans son regard, mon plus jeune se blottit contre moi, je m'excuse auprès d'eux, mais j'ai l'impression d'avoir détruit quelque chose.

Durant quelques jours, il ne dit rien de désagréable, demande aux enfants de prendre soin de moi pendant qu'il travaille.

J'ai mon premier rendez-vous avec l'infirmier psychologique le jeudi après cet événement. J'appréhende ce rendez-vous, je me culpabilise tellement de cette situation. L'infirmier essaie de me mettre à l'aise, mais c'est compliqué pour moi, il faut dire que j'ai pris l'habitude de tout garder et de ne rien confier de ce que je vis.

Il me demande comment je me sens avec le traitement. Je pleure plus que je ne parle, renfermée sur moi-même.

Les remarques incisives reprennent juste après ce rendez-vous.
« Tu penses qu'il va pouvoir faire quelque chose pour toi, la tarée ! » mise en condition idéale pour un premier rendez-vous.
Le médecin de l'hôpital avait préconisé une thérapie de couple, qu'il refusait allégrement.
« C'est toi, la barge ! Pas moi que je sache ! »

Je raconte cet épisode à l'infirmier, le jeudi suivant, contre toute attente de ma part, il trouvait ces paroles violentes et me demande s'il avait l'habitude de me parler ainsi avant « ma tromperie ». Je lui raconte donc les mots que j'entendais depuis des années, la mauvaise mère que j'ai toujours été selon lui et sa mère. La « feignasse » que j'étais quand je me permettais de faire la sieste les semaines où j'étais du matin :5 h/13 h, les remarques sur mes plats toujours « dégueulasses » et même les comparaisons dans le lit conjugal avec certaines de ses maîtresses !

Il était choqué par ces propos dévalorisants à mon égard.

« Il doit se foutre de ta gueule, ton infirmier, avec ce que tu as fait à ton mari ! Mais c'est toi la victime, lol ! » voilà ce que j'entendais quand je revenais. Pas tant que ça ! Étonnamment pour moi !

C'est également ce qui avait choqué « mon amant », cette violence dans ces propos ! À vrai dire, plutôt amant, devrai-je dire un ami retrouvé, nous étions de très jeunes personnes quand nous nous sommes connus à l'époque. Treize ans à peine pour moi et quinze pour lui. Nous nous étions embrassées dans nos prémisses de l'amour et flirtions ensemble à l'époque.

Nous nous étions perdus de vue depuis plus de 30 ans, et dans une réponse à un commentaire à une amie en commun sur les réseaux, nous avons replongé dans des souvenirs douloureux du passé, ce qui donna lieu à des échanges sur nos vies respectives. Il me connaissait bien à l'époque grâce à nos longues discussions et il semblait me comprendre. Pas besoin de nous charmer, car nous nous connaissions bien tous les deux.
Nous n'étions pas dans une recherche précise, nous étions des amis de longue date qui se

racontaient nos vies après 30 ans d'absence. Pour ma part, aucune ambiguïté possible. Mais quel bonheur de pouvoir parler à quelqu'un sans la crainte de ce que l'on dit ! Je me suis beaucoup confiée, je l'avoue trop peut-être ! Mais sa compassion, son écoute et sa compréhension me redonnaient un peu de confiance en moi, que j'avais perdue depuis bien longtemps. Il comprenait que je devais être épuisée par mes horaires de travail, qu'entre le boulot, les enfants, la gestion du quotidien et les extras le week-end, il fallait aussi que je pense un peu à moi… Bref, tout ce qui me manquait en compassion était là !

Et un jour, alors qu'il était de passage près de chez moi, nous nous sommes revus, nous avons longuement discuté, une discussion en amenant une autre. Des sourires, des regards, des compliments… je me sentais appréciée de nouveau. Il y avait bien longtemps que je n'avais pas entendu ce genre de choses. Je me suis sentie flattée, « importante »… son regard bleu dans le mien, attirée par la douceur de ces mots… Et quand il m'a embrassé, je suis devenue « quelqu'un ». Il aimait tout de moi, mon regard, mon sourire, mon corps, mes formes… Et je me suis sentie « femme » quand nous avons fait l'amour. Ce n'était pas arrivé depuis des années.

Mon infirmier pensait également qu'un peu de valorisation au milieu de toute cette violence verbale, c'était un peu comme une rose au milieu des épines de ronces, on n'a qu'une envie, c'est de la sentir, de la cueillir pour reprendre un peu de souffle. De la rose, il ne me restait plus que l'épine et celle des ronces allait me déchirer de toutes parts !

Je repris le travail après une semaine d'arrêt.
J'avais besoin de me retrouver hors de cette maison où l'ambiance était lourde à mourir.
Les remarques reprirent leurs droits :
« Tu devrais peut-être prendre la plaquette entière ! Quelle comédie ! »

Je me couchai en larmes, évidemment, comme tous les soirs. Il soufflait sans arrêt le chaud et le froid. Un instant presque agréable et l'instant d'après imbuvable ! Cela passait de :
« Ça sent bon, tu as fait quoi à manger ? »
Et après 3 ou 4 apéros en passant à table :
« Super, on bouffe encore de la merde ! »
ou de
« Tu es belle, j'ai envie de toi »
à
« Tu crois que je vais baiser une grosse salope comme toi ? »
« Pauvre fille ! » me jetant physiquement du lit. Et comme ça pour tout !

Il avait demandé à sa tante de venir s'occuper des garçons pour « m'aider un peu », après cet « incident » quand j'étais du soir, mais je me prenais des remarques : « Et en plus, tu as quelqu'un qui fait ta merde ! C'est cool ! » alors que je ne demandais rien à personne et qu'elle venait surtout pour faire les devoirs des enfants, rien de plus !

Heureusement, mes rendez-vous hebdomadaires avec l'infirmier me permettaient de parler de tout cela.

Mon grand était très perturbé par tout cela, son apprentissage ne se passait déjà pas très bien et son père n'hésitait pas à lui dire qu'il n'arriverait à rien ! Ce qui le démoralisait évidemment ! J'essayais tant bien que mal de lui faire reprendre confiance en lui, mais la tâche n'était pas simple ! Avec tout ce qu'il entendait à mon propos par son père, il était perdu.

En parallèle de tout cela, « il » continuait à harceler « mon amant », par SMS, en changeant de numéro de téléphone, par le biais de cartes prépayées, des menaces, des lettres anonymes à son épouse, envoyées à son travail… bref du harcèlement pur et dure ! Plutôt que de passer à autre chose, son cerveau était resté bloqué !

De son côté, « mon amant » porta plainte

contre lui pour harcèlement et menace. Je n'ai appris cela que lorsqu'il a été convoqué à la gendarmerie, ce qui me retomba bien sûr dessus !

« Il ne manque pas de toupet celui-là ! Il baise la femme des autres et en plus, il porte plainte contre le cocu ! Mais tu es du coup hein, salope ! », tout en me bousculant violemment de la chaise sur laquelle j'étais installée.

Tombant des nues de ce qui se passait, j'avais l'impression d'être dans un mauvais film ! J'étais également convoquée à la gendarmerie, mais n'étant pas au courant de ce qui se passait, je n'étais pas d'une grande utilité dans cette histoire.

Les menaces en tout genre fusaient à mon égard.

« Je vais t'aider à l'avaler ta putain de plaquette de merde ! Au moins, je suis sûre que cette fois sera la bonne ! » en me prenant par les cheveux et en essayant de me mettre les médicaments de force dans la bouche ! Moi, me débattant et pleurant en serrant la bouche de toutes mes forces.

Mon fils le plus jeune entendait tout ce qu'il se passait dans la chambre, il se présentait parfois dans l'encadrement de la porte en demandant ce qu'il y avait, son père lâchait son étreinte en lui disant :

« Rien, ta mère ne se sent pas bien » ou encore

« T'inquiète, c'est pour rire ! »
Ce qui, manifestement, ne faisait rire que lui !

Heureusement, lorsqu'il était au travail, nous avions des discussions, mon fils et moi, pas forcément de la situation, mais nous aimions bien passer du temps à partager sur l'école, ces jeux vidéo où il passait du temps pour s'occuper l'esprit et fuir la réalité de notre vie.

Plutôt que de s'arrêter après la plainte à son encontre, il renchérit ces menaces à « l'amant » verbalement en prenant mon fils aîné à partie, mettant au point des stratagèmes avec un enfant de 17 ans !

« Prendre le taser »
« On se cassera demain avec le grand ! »
Je demandais évidemment où ils allaient.
« On va faire la peau à ton connard ! »

Il picola pas mal ce soir-là, comme d'habitude, je montais me coucher de bonne heure. Il montait, m'insultait, repartait puis remonter, me réveilla pour m'insulter de plus belle, redescendait en cherchant je ne sais quoi et remontait encore pour me dire :

« Tu iras pleurer sur la tombe de ton connard avec sa femme, pauvre barge ! » en me secouant violemment.

« Pauvre fille ! »

Malgré mes somnifères, je n'avais plus envie de dormir. Le mal au ventre et l'envie de vomir avaient pris le relais.

Le lendemain matin, il prit mon grand avec lui.
« On ne rentre pas à midi ! On prendra des sandwichs sur la route !
— Où allez-vous ?
— Tu le sauras, t'inquiète ! Quand je lui aurai fait la peau. »

J'en déduisais qu'il allait mettre les menaces de la veille à exécution, à plus de deux heures de route de la maison, en entraînant mon grand dans ces délires !

Pourquoi prendre mon fils à partie ? Le mettre en danger ? Que va-t-il se passer s'il se retrouve face à face avec lui ? J'avais peur de ce qu'il pouvait se passer, avec mon fils en plus ! Toute cette violence dont je faisais l'objet, chaque jour, était déjà insupportable à faire vivre aux enfants et là, il en emmène un dans ces délires psychotiques !

Après leurs départs, j'envoyai un message à « l'amant » pour le prévenir de leurs arrivées. Que mon grand était avec lui, qu'il n'avait rien à voir avec tout cela et que je ne voulais pas qu'il soit en danger à cause de son père. Il me répondit un moment après, me disant de ne pas m'inquiéter, qu'il ferait

attention de ne pas les croiser et me demanda depuis combien de temps ils étaient partis.
Cette réponse me rassura, ils devaient passer au garage ce matin-là à 9 h, pour récupérer une autre voiture, il me répondit qu'il s'en occupait. La journée fut interminable ! Plutôt que de profiter de ce moment de calme passager, mon cerveau était perturbé par de multiples questions. Mon fils était-il en danger ? Pourquoi se servir de lui ? Quel intérêt de le mêler à ces problèmes d'adultes ? Tant de questions et un stress intense m'envahissent. Je ne comprenais pas un tel raisonnement ! Je n'avais parlé à personne de ces tromperies, de tout l'argent dépensé dans des tchats pour adultes, de ces humiliations dans le lit conjugal, me comparant à ces multiples maîtresses… Comment des enfants pouvaient être témoins de tout cela ? Ils assistaient déjà à des scènes terribles ! Pourquoi leur rajoutaient une telle charge mentale ? De quels droits ?

Ils rentrèrent en fin de journée, mon fils était là, indemne, le reste m'importait peu ! Toutefois, « il » se pavanait de détail sordide :
« Tu n'auras qu'à lire le journal ces prochains jours ! Tu seras peut-être marquée à côté de sa femme, haha. »
Est-ce vrai ? Qu'a t'il fait ? Mon grand a-t-il assisté à

des scènes macabres ? Je paniquai au fond de moi !

Surtout, ne rien laisser paraître !

La soirée fut terriblement stressante. Il buvait son rosé pamplemousse, pour « fêter ça ! » en rajoutant sans cesse des remarques :
« Tu iras mettre des fleurs sur sa tombe ! Pauvre tarée ! » ou encore « Ont auraient dû le donner à bouffer aux cochons ! » avec un rire cynique.

Je me couchais de bonne heure, envahie de stress.

Il faisait sans cesse des allers et retour cuisine-chambre avec toujours les mêmes phrases « Vas-y, prends la plaquette entière ! Tu le retrouveras plus vite ! »

Puis il redescendait pour remonter à nouveau « Tu lui as envoyé un message ? C'est sûr qu'il ne va pas te répondre, espèce de garce ! » après redescendre à nouveau.

Je réussis enfin à m'endormir, réveillée un moment après par ces pas dans l'escalier, vérifiant que je dormais avant de me subtiliser mon téléphone discrètement. Il resta un moment dans le bureau ou la salle de bain avant de remettre mon téléphone à sa place sur la table de nuit, comme si de rien n'était. Les nuits étaient courtes et sans repos avec tout ce stress.

J'ai reçu un message le lendemain
« Je l'ai évité toute la journée, tout va bien, ne

t'inquiète pas. »

J'étais rassurée malgré tout. Je ne répondis pas et effaça le message.

Il récupéra sa voiture deux jours plus tard. Il rentra en furie à la maison !
« Tu as prévenu ton connard ? Un flic à appeler au garage ! Je passe pour qui, moi ? Tu es vraiment une salope ! »
Je me suis pris une gifle magistrale, me remuant jusqu'aux petits orteils !
« Tu m'étonnes qu'on ne l'ait pas vu l'autre connard, ta mère l'a prévenu, un flic ou peut-être lui d'ailleurs à appeler le garage, il savait ce qu'ont avaient comme bagnole ! » dit il a mon fils « tu es vraiment une garce » !

Sous le choc de la gifle et par toute cette violence, je m'en voulais, mais niés en pleurant. Sa colère montait crescendo. À force de bousculades et d'insultes, je lui avouai que je craignais pour notre fils, que je ne concevais pas qu'il le mette en danger.

« Mais tu me prends pour qui ! Tu crois vraiment que j'aurais emmené le gamin si j'avais l'intention de lui faire la peau à ton connard ! »

Qui sait ? La violence à laquelle je faisais face

chaque jour ne me permettait pas de penser autrement.

Mes rendez-vous avec l'infirmier me permettaient de me libérait de tout ça. Ces réactions d'incompréhensions face à un tel comportement me rassurait et m'aidait à mieux discerner le bien du mal. Car j'en étais là ! À ne plus savoir le bien, le mal, la vérité, le mensonge… Un massacre psychologique intense de chaque jour, durant des années, nous fait perdre le contrôle de tout et de toutes les rationalités.

Je respirais quand il était au travail, resserrais les liens avec mes enfants. Nous nous permettions de rire, de discuter de tout et de rien, de dire des bêtises… Avant son retour, chacun d'eux retournaient dans sa chambre ou hors de la porter de ses mots destructeurs.

Les soirs où il ne bossait pas, il buvait, ce qui, immanquablement, me valait des insultes, des coups, des réveils nocturnes…
Quand il travaillait le soir, j'en profitais pour me reposer un peu, car immanquablement, il venait soit me réveiller avec des « Tu dors, p'tite pute ? » ou à pas de loup à prendre mon portable pour faire je ne sais quoi.

Et puis un matin, le facteur déposa un courrier, une convocation des services sociaux, à la suite d'un signalement anonyme de mise en danger d'enfants. (Vous vous doutez bien que les choses ont pris des proportions énormes.)

Je ne comprenais pas ! Je pensais que des voisins, à force d'entendre les éclats de voix, les cris… avaient fait un signalement, le comportement de certains étant différent, plus en retrait, plus distant…
Quand il lu la convocation, les insultes, les menaces en tous genres allaient bon train !
Il avait reçu quelque temps avant, un message de « l'amant » suite à sa visite chez lui, lui disant que ce n'était pas malin de mettre son fils en danger.   J'avais oublié l'existence même de ce message, quand bien même il m'en avait parlé. À force d'entendre tout et son contraire, mon cerveau saturait littéralement !

Afin de le rassurer, je lui dis que de toute façon, on n'avait rien à craindre, même si, au fond de moi, l'irrationalité de son comportement ce jour-là était un réel danger pour nos enfants. J'appris par la même occasion que l'amant avait porté plainte suite à cette visite et aux nombreux messages de menaces qu'il lui avait envoyés soit par mon portable, soit par des cartes prépayées.

« Il » voulait porter plainte pour dénonciation calomnieuse. Je voulais passer à autre chose, sachant que les attaques perpétuelles d'un côté ou de l'autre allaient encore envenimer les choses et me retombaient immanquablement dessus !
J'en pris évidemment plein les oreilles ! Tout était ma faute, encore ! Que je n'étais qu'une salope... avec inévitablement les coups qui allaient avec !
Des soirées entières à me bousculer, à m'insulter et j'en passe...
Les assistants sociaux étaient à la maison avant son retour du travail. Les enfants ont répondu à des questions assez générales l'un après l'autre.

Discussions assez banales en fait, l'école, ce qu'ils aimaient, si tout allait bien... il arriva au cours de l'entretien de l'un d'eux. Bien sûr, il se délectait de raconter ma « tromperie », me rabaissant et me dénigrant comme à son habitude ! Autant, avant son arrivée j'étais assez décontractée, autant sa présence me ferma littéralement, sentant le stress m'envahir. Ce que les assistants sociaux ont ressenti et noté dans leurs rapports. Comme je l'avais pressenti, il n'y eut aucune suite juridique à cette visite.

Les enfants avaient été perturbés pas tant par

la visite des assistants sociaux eux-mêmes, mais plus par la pression de leur père qui avait insisté lourdement, durant les jours avant ces entretiens en leur disant de ne rien dire, car les services sociaux allaient nous les enlever et être mis dans des familles séparées ! Imaginez le stress supplémentaire pour des gosses se sentant responsables de telle chose ! En plus de la violence de tous les jours à laquelle ils assistaient à mes dépens !

À peu près en même temps, il était convoqué à la gendarmerie pour recevoir les sanctions décidées par le procureur à la suite de la plainte déposée.

Il écopa d'un rappel à la loi, ce qui aurait dû le calmer un peu, mais il n'en fut rien !

Il réitéra ces menaces à mon égard, je devais porter plainte, car « j'étais responsable de toute cette merde ».

L'infirmier m'aidait à me déculpabiliser un peu. Je n'étais pas responsable ni du fait qu'il ait des agissements inconsidérés, ni de la plainte de « l'amant », ni de la décision du procureur qui, quoi qu'il en soit, atteste du danger de mon mari, mais que ce n'est qu'une mise en garde et une mesure pour qu'il se tienne à carreau avec une probation de deux ans sans délit.

Il me parla aussi d'aller voir des assistantes

sociales et éventuellement de prendre contact avec le 3919, qui accompagne les femmes victimes de violences afin d'être aidé dans mes démarches.

Bien évidemment, ma belle-famille était au courant de la situation, enfin, juste ce qui arrangeait monsieur ! Ma tromperie, les services sociaux… mais rien sur les violences quotidiennes que je subissais, ni son acharnement mental depuis des années, ces tromperies à répétition, ni même les sommes inconsidérées qu'il dépensait dans des tchats pornos !

Je vis débarquer ma belle-mère une après-midi avec sa sœur et ma nièce. Prétextant des courses, la tante prit le plus jeune de mes enfants avec elle, le grand refusant catégoriquement de partir, il alla dans sa chambre.
Je restais donc en tête-à-tête avec « belle-maman » qui me rabâchât les oreilles avec ces menaces à trois balles !
« Tu es complétement folle, ma pauvre fille ! Tu n'as aucun sens de la famille ! « Il » n'est pas méchant pour un sou ! Et tu ne vas pas aller porter plainte contre l'autre ? Tu ne vas rien faire ? Pauvre fille ! On devrait t'enfermer dans un asile ! Faire ça à des enfants ! Quelle mère es-tu ? Tu mériterais une bonne correction ! »

Je me défendais, tant bien que mal, en disant que je n'étais pour rien dans ce que les autres faisaient… en larmes évidemment !

Il arriva dans cet espace-temps en hurlant que j'étais folle, que j'aurais dû crever ! Sa mère acquiesça évidemment, puis en rajoutant en disant qu'il allait me faire interner, qu'il en avait le droit en tant que mari, que j'étais un danger pour moi, mais surtout pour les autres… La tante et les enfants rentrèrent à la maison, moi prostré, j'avais du mal à reprendre ma respiration tant la violence de tous ces mots m'atteignait !

Ils se calmèrent un peu quand la tante leur dit qu'ils avaient entendu les éclats de voix depuis la rue. Elles partirent, mais il s'acharna sur moi toute la soirée.
« Même ma mère dit que tu es folle ! Ma pauvre fille ! Tu me le paieras, t'inquiète ! » en me bousculant violemment.

En montant me coucher, j'essayais de rassurer mon plus jeune, en lui disant que ça allait aller, de ne pas s'inquiéter, en essayant de me rassurer moi-même.

En parallèle de tout ça, nous avions de gros problèmes financiers. De mauvais choix et des dépenses inconsidérées de la part de « il » qui nous mettait dans une situation compliquée qui durait depuis longtemps.

Il décida de demander à sa tante de nous prêter de l'argent pour essayer d'y faire face.

J'étais tranquillement dans mon petit jardin quand il me hurla dessus pour que je vienne. Je devais signer une reconnaissance de dette avec lui à sa tante pour l'argent prêté.

Je m'exécutais en disant que de toute façon, la seule solution était de vendre la maison au vu de l'étendue des dettes. Il me hurla dessus en disant que j'étais complètement folle, que je ne me rendais compte de rien. Eh bien si, au contraire, je me rendais certainement plus compte de la situation que lui !

Sa tante essaya de temporiser en lui disant que je n'avais peut-être pas tort, que si la dette était aussi importante, c'était peut-être la seule solution.

 Quand elle a eu vent du montant, elle se demanda raisonnablement comment on en était arrivé à une telle somme et que ce n'était pas en me parlant de la sorte que l'on allait trouver une solution à nos nombreux problèmes.

J'eus l'impression d'avoir une alliée, du moins un peu de gentillesse à mon égard.

Je parlais inévitablement de cela à mon

infirmier qui me disait que c'était non seulement la solution au problème financier, mais que cela pouvait être pour moi une manière d'aborder la séparation plus sereinement avec « il » vu que j'avais bien pris conscience que de rester ensemble dans de telles conditions n'était absolument pas possible.

J'avais déjà évoqué la séparation avec lui, ce qui évidemment avait mis le feu aux poudres !
Je remettais le sujet sur la table un soir, en disant que c'était peut-être mieux de se séparer… La réponse fut encore violente.

À mon boulot, nous avions des sorties chaque année, fin août. Celle de 2019, était au Futuroscope, pas loin de chez « l'amant » ! La nuit précédant ce voyage organisé depuis plusieurs mois, il a bu, plus que de raison, m'empêchant de dormir, toute la nuit, essayant de cacher mes clés car « j'allais le retrouver et me faire troncher dans les chiottes comme la salope que j'étais » entre violence verbale et physique, je ne me démontais pas et partie à cette activité, la boule au ventre, mais je ne voulais pas céder à ces menaces
. Meurtrie par la violence de la nuit passée, je suis restée le plus possible loin de mes collègues.

Une dame, en pleine séparation, répondit à l'annonce qu'il avait mise sur Leboncoin pour la maison

Elle était intéressée par la maison, « il » la brada 5 000 euros de moins que prévu pour être sûr qu'elle parte.

Tout en sachant que c'était la meilleure solution, même si le montant de la vente n'allait pas suffire, cela me faisait mal au ventre. Tant de choses dans cette maison, les enfants avaient toujours vécu ici, les premiers pas de l'un ici, de l'autre là-bas, nos jeux à extérieurs, mon jardin, mes fleurs, tous ces sacrifices pour en faire quelque chose, les investissements personnels et financiers même si ce n'était pas toujours réfléchi… Tout s'écroula autour de moi !
Et puis nous ne pourrions pas nous séparer avec un aussi bas montant, cela ne suffisait pas pour éponger les dettes !

Nous n'avions pas beaucoup de temps pour nous retourner et trouver un lieu où habiter et il n'y avait pas grand-chose à louer ! Soit le loyer était trop cher, soit il n'était pas disponible tout de suite ! Une agence nous proposa une maison libre le mois d'après, début décembre, dans l'urgence.

Une grande maison de ville, avec une entrée, par le garage, rez de chaussé une cuisine séparée du salon par une sorte de palier où se trouvait un immense escalier menant à l'étage où se trouver les chambres.
J'entamais la mise en carton de ma vie ! Pleurer à chaque souvenir heureux ! Un dessin d'enfant, un souvenir d'école ou de retour de vacances…

Gérer toutes les paperasses, les transferts EDF, d'eau, de téléphone… les cartons… il ne s'occupait de rien comme d'habitude ! Trop occupée à ses reproches éternels, à son boulot bien plus préoccupant que le mien, sans doute, ou par on ne sait quelle maîtresse…

Il fallait faire face, encore, toujours ! C'était un déchirement pour les enfants de quitter leur maison, leurs chambres, leur monde.
Il continuait ses comédies dramatiques, dès qu'il me voyait, s'en prenait à moi, pour tout, pour rien ! Répétant les mêmes mots, les mêmes phrases chaque jour. Flirtant avec l'alcool dès qu'il le pouvait, provoquant inlassablement des coups, des bousculades, des insultes. Je ne savais plus si je devais bouger ou pas, parler, me taire… Un stress mécanique m'envahissait à chaque fois qu'il était

dans les lieux.

Je profitais qu'il prenait sa douche pour continuer les derniers cartons, ce soir-là, peu de temps avant le déménagement final. Il avait picolé toute la soirée, comme d'habitude. Je rangeais les derniers verres du bar quand il descendit comme un fou.

« Alors, tu peux m'expliquer pourquoi tu as laissé faire tout ça ? Pourquoi tu as mis les enfants en danger ? Parce que tu ne les as pas mis en danger, peut-être ? » un bras tenant l'autre qui tenait un stylo qu'il avait dans la bouche. Je continuais à emballer mes verres tout en lui répondant que je n'avais pas mis les enfants en danger et lui ai demandé d'arrêter. Il recommença ces injures, ces questions débiles et répétitives.

« Tu vas me répondre, p'tite pute ! En me projetant dans les cartons et en me ruant de coups ! Je le supplie d'arrêter ! Il arrêta net en rajoutant : « Parce que ça va être ma faute si tu ne tiens pas debout ! » Il remonta dans la chambre :
« Tu dormiras par terre ce soir, salope », me dit-il en me jetant mon oreiller et mon pyjama à la figure ! Je ramassai mes affaires, il me les arracha des mains
« Tu dors par terre, c'est bien compris ? » il

recommença sa comédie plusieurs fois, à monter et à redescendre, moi n'osant plus bouger, pétrifiée par la peur. Je réussis à m'endormir difficilement, je n'arrivais pas à arrêter mes larmes.

Mon grand était sorti et fut surpris de me voir dormir sur le canapé à son retour de boite. « Il ne va pas arrêter sa comédie ? Pourquoi tu dors là ? » je le rassurai en lui disant d'aller se coucher et de ne pas s'inquiéter.

Ce n'était pas la première fois que cela arrivait, mais je m'arrangeai toujours pour que les enfants ne voient rien. Je me réveillai avant eux, cachant mon oreiller et la couverture pour qu'ils ne se doutent de rien, préparant le petit déjeuner ou vacant à mes occupations comme si de rien n'était.

Le jour du déménagement était venu. Les enfants avaient choisi leurs nouvelles chambres. Sa famille nous aida pour les gros meubles et les gros cartons. Dès que nous avions eu les clés, nous avions commencé à emmener des cartons et des affaires, mais ils en restaient beaucoup ! 21 ans dans une maison, 21 ans de souvenirs… Les lits et les armoires furent démontés et remontés rapidement pour une installation aussi rapide dans cette nouvelle maison.

Le lundi matin, je me retrouvai seule dans

cette maison vide avec un terrible déchirement au cœur et une sensation de gâchis immense.

J'avais l'intention de faire le ménage les matins, étant donné que je travaillais du soir cette semaine-là. Il avait décidé que sa mère et sa tante viendrait l'aider cette après-midi-là pour nettoyer la maison, malgré mon refus.

J'eus droit immanquablement au :

« Et en plus, ce sont les autres qui nettoient ta merde ! Pauvre fille ! »

Ce déménagement eut lieu peu de temps avant Noël 2019, déjà que cette fête m'était insupportable d'habitude, cette année-là ne me réconcilia pas avec, bien au contraire !

Je n'avais pas du tout envie d'aller dans la belle famille pour Noël, il bossait et venait juste de changer d'emploi et j'avais la maison à réinstaller et je n'avais pas le cœur de partager cette journée avec des gens qui me cassaient du sucre sur le dos à longueur de temps. Évidemment, il m'accabla en me disant que je n'allais pas gâcher le Noël des enfants, que je leur gâchais déjà suffisamment la vie avec mes histoires en plus d'en finir… et j'en passe !

Je m'exécutai, en passant la journée la plus longue de ma vie ! Aucun partage avec les adultes ou très peu ! Je discutai avec les enfants, regardai leurs cadeaux, participai à leurs conversations… Je me demandais vraiment ce que je faisais là, au milieu de gens qui me jaugeaient ! Quand il débaucha, nous sommes enfin rentrés chez nous, exténués pour ma part.

Les infos nous parlaient d'un virus, en Chine, depuis quelque temps et la situation était préoccupante, en cette fin d'année, car il y avait de plus en plus de cas en France.

Les premiers mois de 2020 étaient toujours très tendus… « il » s'était acheté un lit et un matelas pour les installer dans la chambre vacante où, évidemment, il ne dormait jamais ! Je n'avais pas le droit d'y dormir non plus ! Soufflant sans arrêt le chaud et le froid !

Au boulot, nous préparions les fêtes de Pâques, période intense. Nous faisions des heures supplémentaires les semaines du soir, travaillant jusqu'à 22 h.

Lui ne travaillait plus les soirs avec son nouvel emploi, ce qui lui donnait une bonne excuse pour boire et s'acharnait sur moi dès mon retour ou il m'ignorait carrément, ce que je préférais, vous vous doutez bien !

Comme il ne me supportait plus, il fricotait à droite à gauche, essayant de reconquérir d'anciennes conquêtes retrouvées sur les réseaux sociaux ou ailleurs, tout en se vantant ! Cela va sans dire !

Au mois de mars 2020, le virus s'intensifiant, tous les magasins, hors ceux de premières nécessités, furent fermés. L'usine où je travaille fut évidemment parmi celles ne pouvant plus exercer. Le pays entier fut confiné, seuls les déplacements pour nécessités élémentaires étaient autorisés uniquement avec une autorisation de sortie temporaire… des rues vides, les écoles et les lycées fermaient… le silence des rues…

Heureusement, le restaurant où il travaillait faisait la livraison de repas pour nos aînés et comme il était le dernier rentrant, c'est lui qui se chargeait des livraisons tous les jours.

Mon fils le plus jeune avait des cours par visioconférence, moi, j'occupais mes journées à faire des activités qui me plaisaient ; à lire, à dessiner, à apprendre le crochet… et à passer du temps avec mon fils.

Dès qu'il rentrait, il regardait BFM TV en maugréant contre le virus, en stressant tout le monde en disant qu'on allait tous y passer avec cette pandémie… ou envoyait des messages à ces conquêtes.

Tous les soirs, il buvait, tous les soirs, le même cirque recommençait : les insultes, les menaces, la violence…

Dès que j'essayais de me reposer, il venait « m'embêter » systématiquement, en me jetant carrément du lit pendant mon sommeil ou en venant jusque dans les toilettes pour me harceler des mêmes questions depuis des mois ! L'ambiance devenait insupportable.

Mon jeune fils ne descendait de sa chambre que pour manger « vite fait », il ne supportait plus tous ces esclandres ! Chaque repas était un calvaire !

Les autorités avaient décidé de laisser les restaurants ouverts pour permettre aux routiers de manger. Le restaurant où il bossait faisait partie de ceux-là. Une serveuse étant partie pendant la pandémie, il avait fait rentrer une ancienne collègue avec qui il avait travaillé dans son précédent emploi. Il ne tarissait pas d'éloges quand il parlait d'elle et ils se parlaient à longueur de journée et je savais très bien que cela n'était pas anodin ! Surtout avec tout ce que je ramassais à longueur de temps dans la figure !

J'essayais de me détacher le plus possible afin de me préserver. J'avais besoin d'air, de respirer loin de lui, de nourrir mon esprit autrement. Alors, je me remplissais de livres, m'accrochant aux mots comme à une bouée, m'évadant dans des histoires qui me transportaient ailleurs, loin de cette oppression quotidienne. Je regardais des vidéos sur le développement personnel, la spiritualité… tout ce qui pouvait m'apporter un semblant de paix, une lumière au milieu du chaos. Je notais des phrases qui faisaient écho en moi, des petites vérités que je relisais les jours où tout semblait s'effondrer. Et puis, il y avait la créativité. Dessiner, peindre, gribouiller… laisser mes mains occuper mon esprit pour ne pas sombrer.

Avril était étrangement chaud cette année-là. Le soleil tapait fort dès le matin, réchauffant chaque recoin de la maison. Dans le jardin, l'air était plus léger, chargé du parfum des fleurs qui s'épanouissaient sous cette chaleur précoce. J'y passais des heures, les mains dans la terre, m'occupant de mes plantes, arrosant avec soin chaque pétale, comme si prendre soin d'elles m'aidait à prendre soin de moi. Je laissais le silence m'envelopper, bercée seulement par le chant des oiseaux et le souffle du vent dans les branches. C'était mon refuge, mon échappatoire.

Avec cette chaleur, mon fils et moi avions eu l'idée d'installer une piscine dans le jardin. Rien de bien grand, juste de quoi se rafraîchir et oublier un peu le reste. L'eau brillait sous le soleil, appelant à la détente. Dès que la chaleur devenait insupportable, nous plongions dedans, laissant l'eau glacée nous envahir dans un frisson avant de s'y habituer et de profiter pleinement.

On jouait, on riait, on s'éclaboussait comme deux enfants. Des petites batailles d'eau qui finissaient en fous rires, en éclats de bonheur volés à la réalité. Parfois, on restait là, flottant sur le dos, regardant le ciel, profitant simplement de ce moment suspendu. Juste nous, loin des tensions, loin des mots qui blessent. Pendant ces quelques heures, il n'y avait plus de peur, plus d'angoisse, juste la légèreté, juste le plaisir d'être là. Et puis, le soir revenait, ramenant avec lui tout ce que l'on essayait d'oublier…J'essayais de me détacher le plus possible afin de me préserver. J'avais besoin de me nourrir de l'intérieur, de livres, de vidéos sur le développement personnel ou la spiritualité, de créativité… de toutes ces choses qui pouvaient me remplir de positivité au milieu de ce stress extérieur.

Mon grand n'était pas souvent à la maison. La journée, il travaillait et les soirs, il les passait chez sa copine du moment. Malgré un terrain assez conséquent, « il » allait systématiquement promener le chien de notre fils, dans les rues de la ville, chaque soir, ces sorties-là étant autorisées avec une autorisation spécifique.

Obnubilé par le virus, il regardait les informations en boucle, ce qui m'était insupportable. Je dessinais chaque soir afin de me perfectionner dans ce loisir et de m'évader un peu.

Chaque jour se ressemblait : il partait le matin, revenait en début d'après-midi, allait se reposer ou plutôt, aller discuter avec l'une de ses maîtresses potentielles ! Moi, je vaquais à mes occupations : ménage, repas, lecture, jardin, piscine… Rire et discussions avec mes enfants lorsqu'« il » n'était pas là. Mon plus jeune restait avec moi en général jusqu'à l'arrivée de son père, puis se retirait dans sa chambre, ne redescendait ensuite que pour manger rapidement, ensuite remontait vite pour se réfugier dans ces jeux vidéo.

Lorsqu' « il » était dans la maison, je faisais tout pour l'éviter, m'affairant à de multiples tâches afin d'éviter des réflexions supplémentaires.

« Il » picolait, tous les soirs, après un apéro interminable, il parlait sans cesse de lui : qu'il était fatigué, qu'il ne passait pas ces journées à glander comme d'autre… ou rabâchant ce qu'il s'était passé en 2017 avec toujours les mêmes mots, toujours les mêmes phrases que l'on connaissait par cœur. Puis montait à l'étage faire on ne sait quoi ! Moi, après avoir débarrassé les couverts, j'en profitais pour reprendre mes dessins sur la table de la salle à manger. Il redescendait « pour surveiller » et si j'avais le malheur d'être sur mon portable à chercher un nouveau modèle ou à jouer à Candy Crush, ça remettait 10 balles dans la machine à insultes !

« Tu en profites pour lui envoyer des messages, espèce de garce ! »

Envoyant par terre mes crayons et dessins, faisant le tour de la table, me répétant les mêmes choses, les mêmes questions depuis 3 ans ! Une main tenant son menton, l'autre soutenant le coude de la première et ces épaules faisant des va-et-vient d'avant en arrière. J'allais me réfugier aux toilettes où il me suivait, poussant la porte violemment et me retenant « prisonnière » jusqu'à ce que je lui réponde ! Je n'avais rien de plus à lui dire que ce que je lui avais dit déjà dix mille fois ! J'essaie de m'échapper en pleurant et en ramassant, bien sûr, des coups au passage, tirant sur la porte de toutes mes forces, montant précipitamment à l'étage pour me réfugier, soit dans la chambre, soit dans la pièce où je repassai le linge.

    Lui, restait généralement en bas, au salon, en m'insultant, les mots raisonnant dans ce grand escalier. Mon fils venait voir comment j'allais, avant qu'« il » ne revienne à la charge, me propulsant du lit ou autre…

    Je dormais, soit dans le lit du grand, soit dans le salon ou pas du tout, quand il s'acharnait encore en me tirant par les cheveux pour que je dorme par terre. Ou bien, en me virant du lit du grand, me projetant violemment contre le mur et me disant que je n'avais pas ma place dans cette maison !

    Un soir où mon grand était à la maison, la même comédie que d'habitude ! Je m'enfuis des toilettes, « il » me rattrape par la jambe en tirant dessus, je glisse et manque de tomber la tête sur les marches en carrelage. Je le somme d'arrêter en pleurant.
« Si tu tombes des escaliers et que tu te fracasses en bas, on dira que c'est un accident à cause des médocs ! haha », dit-il en criant.

Mon grand sortit précipitamment de sa chambre, suivi de près par son frère.
« Tu n'as pas fini ta comédie ! Tu vas arrêter de t'en prendre à elle ? On ne s'en prend pas à une femme comme ça ! Fout lui la paix maintenant ! » lui dit-il.
Mon grand le tenant par le col et lui administrant une droite bien méritée, le plus jeune le frappait sur la tête et le poussant en même temps pour qu'il s'éloigne de moi.
« Vous prenez la défense de cette salope alors que je suis le seul à vouloir vous protéger ! »
Je passai la nuit avec mon plus jeune.
« Ne t'inquiète pas, il ne viendra pas t'embêter ici. Repose-toi, maman. »

Toute cette violence m'était insupportable !

La journée, j'avais droit à des dizaines de messages de menaces de toutes sortes.

Lui, s'était rapproché de sa collègue avec qui il dialoguait toute la soirée par messages. Il l'avait surnommé « mon petit chat » sur son portable. Il se réfugiait dans la chambre après le dîner pour discuter avec elle, redescendait pour m'insulter à nouveau, puis remontait tranquillement pour poursuivre sa conversation avec sa nouvelle conquête.

Les soirs se suivaient et se ressemblaient ! Mais un fut encore plus virulent que les autres. Il ne cessait de descendre et de remonter, m'épuisant, me faisant pleurer, m'assaillant de coups gratuits, parce qu'il ne me supportait plus !

Je repoussais le plus possible le moment de me coucher. Et je n'arrivais pas à dormir cette nuit-là.
Il s'était endormi, ivre mort, affalé sur le lit, la lumière encore allumée.

J'avais repéré le code de son téléphone depuis quelque temps, mais n'avais jamais osé regarder dedans. Ce soir-là fut l'occasion. Je subtilisais l'appareil discrètement, avec une peur indescriptible qu'il ne se réveille. Je composai les 4 chiffres de son code et commençai à lire les messages, ceux avec sa mère : pas très agréable à lire ! Ceux de certaines de ces conquêtes : pleins de haine à mon égard également… et ceux échangés avec « mon petit chat » !

J'appris, même si je le savais déjà, qu'ils avaient couché ensemble, qu'elle allait quitter son mec avec qui elle était malheureuse… et il y eu la discussion du début de soirée :
« Il- L'autre me fatigue avec ces mensonges ! Je ne la supporte plus !
Elle — Tu lui as dit quelque chose ?
Il — Bien sûr ! Je lui ai dit que c'était une salope et

qu'il fallait qu'elle dégage et vite, lol.
Elle — Elle chiale ?
Il – Attends, j'y retourne, je reviens,
Elle- Alors ?
Il – C'est bon ! Elle a son compte !
Elle – Tu veux que je vienne lui casser la gueule ?
Il – Elle m'a dit que j'avais qu'à vivre mon histoire d'amour avec toi et de lui foutre la paix ! Mdr
Elle – Elle sait qu'on attend juste qu'elle dégage ?
Il – T'inquiète, je vais faire ce qu'il faut ! C'est toi la femme de ma vie ! ... »

À la lecture de ces mots, en plus des larmes, je pris peur. Je remis le téléphone à sa place, en ayant pris soin de photographier la conversation avec le mien.

Dans ma tête, je revivais la scène ! Le fait qu'il monte et qu'il descende avec encore plus d'acharnement que d'habitude, sous l'influence de sa maîtresse.

Je ne la connaissais pas ! Je savais juste « qu'après l'erreur de sa vie (moi), il avait trouvé l'amour de sa vie !(elle) ». De quel droit elle me menaçait ? Indirectement certes, mais je me sentais déjà suffisamment en danger et elle qui attisait derrière !

Je décidai d'aller déposer une main courante

à la gendarmerie. J'avais de toute façon décidé de partir, ne supportant plus tout ça ! Son insistance par message pour que je dégage, toute cette violence aussi bien psychologique que physique était insoutenable !

Je repris rendez-vous avec mon avocate pour ne prendre aucun risque de mal faire les choses.

Je me mis à chercher un appartement début 2021. « Il » me pressait, ça n'allait pas assez vite.

« La relève ne va pas attendre 6 mois ! » continuant ces menaces, sa violence et ces insultes chaque jour par messages comme de vives voix lorsqu'il rentrait.

En parallèle, il était d'accord pour déposer un dossier de surendettement, nous n'avions plus le choix et la séparation arriva enfin à le convaincre dans ce sens.

Il était toutefois persuadé que je n'irais pas au bout.
« Tu crois vraiment que tu vas y arriver toute seule !? Pauvre fille ! »

Après de nombreuses visites, je trouvai enfin un appartement.

Il plaisait aux enfants, lumineux, confortable, au deuxième étage d'un petit immeuble et à proximité du lycée pour mon fils. Il y avait encore quelques travaux à terminer, mais il allait être vite habitable, ce qui m'allait complètement.

Le fait que je parte avait l'air de l'apaiser un peu ! Il se proposa même de m'aider à déménager, demandant même à sa famille de m'aider.

Le virus étant toujours actif, il nous fallait faire une demande de dérogation à la mairie, le déménagement étant bien évidemment dans des horaires où les sorties étaient limitées.

Je ne pris que les meubles m'appartenant : la commode et une armoire héritée de ma grand-mère, le lit et l'armoire achetaient avec l'argent que mes grands-parents nous avaient donnés à l'époque.
J'ai acheté d'occasion une machine à laver, un canapé, un lit supplémentaire avec sommier et matelas pour les semaines où mon fils serait avec moi, le meuble de cuisine que nous avions dans notre maison, qui était stocké dans le garage ainsi que l'ordinateur et l'imprimante.

Je déménageai donc début avril 2021. Toutefois, le propriétaire m'avertit d'un souci avec le chauffe-eau de l'appartement, qui serait résolu en fin de semaine. « Il » me proposa de rester la semaine en attendant que le chauffe-eau soit réparé. Ce que je fis.

Très peu de gens étaient au courant de ce qu'il se passait dans ma vie, une collègue qui était devenue une amie : Justine, une autre à qui je m'étais confié : Alicia, un jour ou j'avais craqué au boulot et un ancien collègue qui avait repris contact avec moi peu de temps avant mon déménagement, une autre amie de longue date : Carla. Mes parents vivaient cela de très loin, sans mesurer réellement la gravité des choses.

Je prenais mes marques dans mon nouvel environnement avec assez de facilité, au début. Le fait de ne plus entendre reproches, remarques et coups était assez reposant. Mais tous les jours, je recevais des dizaines de messages de sa part, auxquels je ne répondais pas forcément, soi-disant qu'il s'inquiétait pour moi ! La seule chose qui était difficile pour moi était de ne pas voir mon fils ou peu, une semaine sur deux.

Nous avions donc entamé une procédure de divorce amiable et je limitais mes interactions avec lui le plus possible. Toutefois, il était de plus en plus présent dans ma vie sans que je le veuille. Une multitude de messages chaque jour, pour tout et n'importe quoi, une insistance pour venir me voir, prétextant un besoin de photocopie ou toute autre chose.

Moi, de mon côté, j'avais besoin de me reconstruire et n'avais nullement envie de ces contacts non désirés. À chaque fois que mon téléphone bipait, j'avais l'impression d'être traquée comme avant. Parfois des centaines de SMS par jour ! Il s'était trompé, il m'aimait, il voulait que je revienne… J'ai été, je l'avoue, assez longue à la détente, mais la décision était prise et je ne reviendrais pas dessus, je voulais en finir avec tout ça !

Sa présence m'oppressait de plus en plus, son insistance pour que je revienne, le fait qu'il m'attende régulièrement en bas de chez moi ainsi que les messages… tout cela était trop !

Pour la garde alternée, nous avions décidé que la semaine où j'étais du matin, mon fils était chez moi. Nous pouvions alors en profiter un peu plus.

Les semaines où mon fils était chez moi, il me voyait perturbée par ces éléments. Je sursautai à la moindre sonnerie de téléphone… Au point même de pleurer à la vue du prénom de son père...

Le harcèlement psychologique avait fait une nouvelle apparition, d'un nouveau genre, mais bien présente.

La semaine où mon fils était chez lui, « il » le questionnait sans arrêt sur moi, ce que je faisais, qui je voyais… mon fils souffrait d'autant plus de la situation, car depuis mon départ la maison était encore plus morbide, aucun partage, sans vie, sans son chat qu'il avait préféré me confier. Heureusement, ces semaines-là, il passait « vite fait » les matins quand il le pouvait et on s'envoyait des messages très souvent.

À cette période, le couvre-feu était encore d'actualité, nous avions tout de même le droit de sortir le chien, ce qu' « il » faisait chaque soir, à venir sous mes fenêtres, comme par hasard.

Un soir, vers 23 h, la sonnerie retentit sans arrêt, en discontinue, j'avais peur, la fenêtre de la chambre de mon fils donnait juste au-dessus de la porte, me penchant à celle-ci, je ne voyais rien, les lampadaires étaient éteints et la lumière de mon téléphone n'éclairait pas suffisamment. Je craignais de descendre, peur qu'il ait quelqu'un dans le renfoncement de la porte ! Mais il était impossible de rester avec cette sonnerie insupportable.

Je pris mon courage à deux mains,

descendant les escaliers en pyjama, une casserole à la main, tremblante, ouvre la porte d'en bas et vois un scotch bloquer ma sonnette.

Je l'enlevai vite et refermai la porte à clé, le cœur battant à toute vitesse, mais soulagée.

Sa présence presque constante entre les messages, son insistance pour tout et maintenant la sonnerie bloquée… J'avais de plus en plus peur. Il était fréquent qu'il m'attende sur la place devant chez moi ou à l'encadrement de la banque juste à côté. Je ne supportais plus de le voir traîner près de chez moi, d'apercevoir sa voiture ralentir sous mes fenêtres et son regard vers celles-ci. Je me sentais traquée en permanence. Du coup, je ne sortais presque plus de chez moi.

Pour me sortir un peu, Carla venait me chercher pour passer l'après-midi chez elle. Elle habite un petit lotissement excentré de la ville, une sorte d'îlot de maisons, loin de la route principale.

Le temps étant plutôt clément, nous discutions sur sa terrasse pour profiter du calme et de l'air frais, ce qui n'était pas possible pour moi dans mon appartement.

Lors d'une de mes visites chez elle, alors que nous buvions une petite bière, au frais, nous avons vu passer sa voiture sur la route. Autant la route devant chez moi était une route principale, autant passer sur celle-ci n'était pas normal quand on n'avait rien à y faire ! Et a priori, il ne connaissait personne dans ce lotissement, donc il me suivait ! J'en étais persuadée ! J'étais dans un tel stress depuis des années que, malgré ce fait, mes amies ne me croyaient qu'à demi-mot.

Pour mon anniversaire, Carla m'invita chez elle pour « fêter ça » et surtout me faire sortir de ma prison dorée. Elle vint me chercher en fin d'après-midi. La soirée était plutôt agréable, un bon repas, un peu de vin… un bon moment entre filles jusqu'au moment où il commença à m'envoyer des messages, un puis deux puis des dizaines… me demandant pourquoi je n'étais pas chez moi, ou je pouvais bien être alors que l'heure du couvre-feu était arrivé… ce qui me mit dans un état de stress intense et perturbant cette bonne soirée. Elle me ramena chez moi, j'avais la peur au ventre, stressée, apeurée… comment savait-il que je n'étais pas chez moi ? Ma voiture n'avait pas bougé et quand il était passé l'après-midi pour me souhaiter mon anniversaire, je ne lui avais rien dit ! Et il faisait encore jour quand il m'avait envoyé le premier message.   Donc rien ne pouvait présager que je n'étais pas dans mon appartement ! Heureusement, avec tout cela, elle commençait à croire qu'il me traquait vraiment !

Je décidais de trouver des heures de ménage en plus de mon travail principal pour arrondir mes fins de mois un peu compliqués. J'avais postulé à une annonce sur Leboncoin et j'obtins un rendez-vous un matin.

Mon entretien s'était bien passé et je rentrais chez moi, contente, quand je vis une voiture déboulée à vive allure juste derrière moi. La route étant humide, je faisais attention. C'était lui ! Me collant par choc contre par choc, accélérant, me double, se rabat et freine, j'étais tétanisé par la peur, je freine brusquement pour ne pas lui rentrer dedans et mords sur le bas-côté, je sens ma voiture glissée, je redresse tant bien que mal, je tremble, je pleure, j'ai peur. Sa voiture s'arrête dans le bourg d'un petit village. Va-t-il me suivre encore ? Je restai sur le qui-vive tout le reste du trajet, en pleurant.

J'appelle ma collègue, Justine, qui est au courant de ma situation, et lui raconte ce qu'il vient de se passer. Elle me propose de venir me chercher dorénavant pour aller travailler. J'accepte en lui précisant que j'ai mon essai le dimanche après-midi suivant, mais que j'ai peur et que je suis persuadé qu'il me surveille et me suit.

Mes amies et moi mettons un stratagème en place pour qu'il ne sache pas où je me trouve le jour de mon essai à ce nouvel emploi.

Je pars donc de chez moi le dimanche en début d'après-midi, gare ma voiture dans le lotissement de mon amie Carla où ma collègue m'attend avec sa voiture. Mon essai est à une vingtaine de kilomètres de chez moi et nous prenons tous les petits axes possibles en surveillant de toutes parts si nous ne voyons pas sa voiture.

Elle se gare devant le portail et comme nous sommes en avance à mon rendez-vous, nous fumons tranquillement une cigarette. Elle est presque sur le bord de la route, moi juste à côté, un peu cachée par le muret de la maison.

« Planque-toi , c'est lui ! » Me dit-elle.

J'aperçois le coffre de sa voiture filé à toute allure, me mets inévitablement à pleurer en disant :

« Tu vois, il me suit ! »

- Ne bouge pas, il revient ! »

et sa voiture passe à nouveau dans l'autre sens. Je suis dans un état de terreur, impensable ! Ni l'une ni l'autre n'est rassurée par cette situation !

Elle m'accompagne à mon rendez-vous où je me vois dans l'obligation de leur raconter ce qui se passe dans ma vie, en étant toutefois persuadée que cela ne jouerait pas en ma faveur pour l'obtention du poste.

Ils m'écoutent et se trouvent très compatissants.

J'apprends qu'il est mandaté auprès du tribunal et qu'ils prêtaient souvent mains fortes à des femmes dans les mêmes conditions que la mienne.

Il me propose de faire mon essai comme convenu si je m'en sens capable, ce que j'accepte évidemment. Ma collègue décide de rester à proximité en attendant.

Le travail effectué, nous remontons tous chez lui pour faire le bilan de cette journée.

Son épouse nous attend avec des boissons, nous nous installons et le téléphone sonne. Je vois le regard étrange de notre hôte, qui tend le téléphone à son mari en disant :
« Cela fait plusieurs fois que ce numéro appelle et je pense que c'est votre ex-mari ! »

Mon patron prend l'appel et met le haut-parleur.

J'entends sa voix à l'autre bout du fils, lui disant qu'il est inquiet, qu'il souhaite savoir si je suis bien là, car je ne réponds pas à ces messages…

Mon employeur lui répond assez sèchement que ce que je fais ne le regarde pas, qu'il n'a pas à s'inquiéter, que je vais très bien et que, dorénavant, il ne veut pas être dérangé. Il lui rappelle également que je suis assez grande pour faire ce que j'ai à faire sans l'en avertir et raccroche.

À la suite de ça, je signe mon contrat et nous partons avec méfiance, sous le choc de cette après-midi.

À notre retour, nous racontons toute cette histoire à Carla qui me dit de porter plainte, ce que je fis le lendemain.

À mon arrivée à la gendarmerie, j'explique ce qu'il s'est passé le mercredi et la journée de ce dimanche. Même s'ils prennent ma plainte, les gendarmes me précisent toutefois que pour le mercredi, c'est ma parole contre la sienne, n'ayant pas de preuves formelles et le fait qu'il appelle mon patron n'est pas un acte répréhensible, même si effectivement ce comportement est assez intrusif. Ils l'ont convoqué en lui disant de garder ces distances avec moi, mais rien de plus. Ce que je l'avoue me démoralise un peu. L'impression de ne pas être prise au sérieux.

À la vue de ce qu'il s'est passé, Justine vient me chercher et me dépose tous les jours devant chez moi.

À tour de rôle, mes deux amies "m'escortent" lors de mes déplacements, où il n'est pas rare de le voir ici ou là. En bas de chez moi, sur la place ou au milieu du trottoir, à proximité de chez lui, m'épiant de loin.

Il insistait sans arrêt, pour des photocopies bidons, prétextant que j'avais pris l'imprimante et que je me devais de lui rendre ce service ! Il vint donc une après-midi où un ancien collègue était passé boire un café ! Il fut surpris par cette visite et commença sa comédie devant mon ami qui en resta bouche bée .   Heureusement qu'il était au courant de la situation ! « Il » n'avait pas apprécié de trouver mon ami chez moi et me le faisait savoir par de nombreux messages auxquels je ne répondais même plus ou très brièvement !

« Il » continuait à m'épier, mon fils me prévenait par message quand son père sortait le soir et immanquablement, ma sonnette se retrouvait bloquée dans les minutes qui suivaient !

A force de gratter dans le compteur, je connaissais le fusible a disjonctait, m'évitant de sortir de chez moi en pleine nuit. Je déplorai que mon fils soit ainsi tiraillé entre son père et moi.

Pendant ce temps, le dossier de surendettement se mit en place, lui ne devait rien, moi, par contre, allais devoir rembourser une part de la dette. Mon avocate elle-même ne comprenait pas ! Toutefois, il y a eu un oubli d'une dette par la Banque de France, ce qui me donnait un espoir sur la suite de mon dossier.

En ce qui concerne le divorce, « il » ne voulait plus ! Il s'était rendu compte qu'il m'aimait ! Après m'avoir frappé, humilié, trompé à gogo… il avait changé d'avis !

J'appris quelque temps après que sa « maîtresse » était retournée avec son fiancé ! Coïncidence ?

« Il » insistait beaucoup pour me ramener des affaires que j'avais laissées là-bas, alors qu'il savait très bien que je n'avais pas la place dans mon appartement. Afin d'éviter des visites non désirées, mon nouveau voisin à l'étage du dessous, le propriétaire et moi avions, d'un commun accord, décidé de garder la porte de l'immeuble fermée à clé en permanence, dans le but de nous assurer plus de sécurité.

J'avais eu la désagréable surprise de trouver une partie de « ma merde » devant la porte de l'immeuble, un matin !

 Heureusement, une connaissance passant par là a vu le manège et attend qu'« il » parte pour venir m'aider à monter toutes mes affaires chez moi.

Chaque jour, ma collègue venait me chercher à mon embauche et les soirs me dépose à la fin de journée juste devant ma porte. Un soir de juillet, j'ai eu la surprise de trouver un amas d'affaires m'appartenant dans le sas de l'entrée, juste devant les escaliers. En regardant mon portable, je lus un

message de « il » :
« Je t'ai déposé des affaires, merci d'avoir laissé ouvert. »

Le propriétaire venant régulièrement déposer des matériaux pour les travaux d'un local en bas, je pensais qu'il avait dû laisser la porte ouverte.

J'avais l'habitude de prendre la dernière semaine de juillet et les trois premières semaines d'août pour les vacances d'été et je lui avais demandé de garder mon fils pendant cette période, lui avait ses congés après le 15 aout en principe, ce qui coïncidait assez bien. Il a accepté.

Antoine était ravi de passer ces vacances avec moi et de retrouver un peu de sérénité, loin de son père, car il ne supportait plus ces interrogatoires interminables.

Carla et moi avions prévu une petite virée tous les trois pour sortir de notre quotidien de stress. Partir, changer d'air.

Le premier mardi du mois d'août, voiture chargée de nos bagages et de nos sandwiches, nous prenions la route pour deux jours d'évasions. Un petit arrêt pour boire un café à Angoulême et direction l'île d'Oléron, le marché de Saint-Denis pour commencer, les parfums des étals étaient une invitation au voyage sensoriel, un dépaysement total, même si le soleil n'était pas de la partie, ces effluves nous rendaient le cœur léger.

Une pause déjeuner bien méritée avec moules frites à volonté, balade au phare de Chassiron, la mer à perte de vue et déambulation sur la plage à la recherche de coquillages… Petits bonheurs simples, mais efficaces pour aérer l'esprit.

Nous avions réservé une chambre pour nous trois, n'ayant pas de gros moyens vers Angoulins et avions prévu notre repas du soir pour éviter plus de dépenses.

Au réveil, petit déjeuner copieux dans notre B&B : café fort, tartines de pain frais et confiture. Balade dans les rues de la Rochelle, flânant au rythme de la ville.

Puis, le retour. Pas de hâte, juste la satisfaction d'avoir pris cette parenthèse, d'avoir un peu respiré avant de revenir à la réalité.

En rentrant, nous avions trouvé étrange que les chats n'aient pas touché leurs gamelles, mais le bonheur de ces deux jours effaçait un peu les inquiétudes.

Antoine et moi profitions de ce temps ensemble pour discuter, rigoler, nous promener… L'approche du retour chez son père ne lui faisait pas envie, il se sentait apaisé avec moi, aucune pression, des rires et du partage… tout ce qu'il n'avait pas là-bas.

Antoine se couchait assez tard, il jouait sur l'ordinateur, discutait avec ses amis sur les réseaux... Un adolescent en vacances...

Nous allions faire les courses ce samedi-là, lorsque mon fils me dit :

« Au fait, cette nuit, j'ai aperçu quelqu'un rôder autour de ta voiture. On ferait mieux de regarder. » En arrivant à la hauteur de la voiture, chacun de notre côté, nous inspectons le véhicule et il me dit : « Regarde ! »

À chaque pneu, côté passager, deux clous d'environ cinq centimètres chacun, posés à l'avant et à l'arrière de ceux-ci de façon à les percer inévitablement.

Une fois de plus, je me retrouvais à la gendarmerie, photos à l'appui, accompagnée d'Antoine, pour porter plainte. Mon fils explique ce qu'il a vu la veille. Il n'avait pas vu qui c'était, mais à 2 h 30 ou 3 h cette nuit-là, il a vu quelqu'un, avec une casquette orange, venir du bas de la rue, se diriger vers la voiture, se pencher à proximité, rester un moment et repartir d'où la personne était venue. Aucune preuve de quoi que ce soit ou de qui que ce soit. Le gendarme en déduit que, vu la position des clous, c'était effectivement pour me nuire et me demanda si quelqu'un pouvait m'en vouloir. Je lui racontai donc mes doutes ainsi que ceux d'Antoine. Je lui dis que j'avais déjà déposé plainte plusieurs fois. Il rechercha le dossier, mais faute de preuves, une fois de plus, il ne pouvait rien faire. Il me conseilla de garer ma voiture à proximité de mon appartement, dans un lieu éclairé, pour pouvoir la surveiller de temps en temps. Ce qui ne me rassurait pas vraiment.

Je faisais systématiquement le tour de mon véhicule avant de prendre la route. Entre la peur que quelqu'un s'en prenne à ma voiture, la peur de le croiser, la peur d'être poursuivie et j'en passe…
La boule de stress envahissait tout mon être, entre le vide dans l'estomac, le cœur qui bat à 250 kilomètres à l'heure, hypervigilance à chaque instant, les tremblements de partout…

L'échéance de la fin de mes vacances approchant à grands pas, Antoine évoquait le fait qu'il souhaitait rester avec moi, savoir s'il ne pouvait pas demander cela. Il prit des renseignements sur les démarches à entreprendre.
Je repris le travail, le cœur lourd de cette séparation et savoir mon fils si triste m'était insupportable.
Monsieur eut la prime de rentrée scolaire et

insista pour que l'on aille acheter les affaires tous les trois. Je n'en avais aucune envie. Mon fils n'avait aucune envie d'y aller avec son père. De toute façon, ce dernier n'avait aucune idée de ce dont avait besoin le gamin. J'acceptais.

Toujours aussi complices, mon fils et moi. Nous regardions les vêtements et les chaussures, me demandant mon avis sur tel ou tel T-shirt… laissant son père hors de nos conversations.

Le plein de vêtements, de cahiers et du nécessaire à une bonne rentrée scolaire fut fait, mais notre complicité ne lui avait évidemment pas plu. « Je ne suis bon qu'à payer ! C'est ça ?! »

Je lui rappelais donc, qu'il avait insisté pour que je vienne et que nous avions toujours été complices et que cela ne changerait pas !

Mon fils était content d'avoir partagé cette journée avec moi et nous nous donnions rendez-vous pour la semaine suivante.

Comme « il » était en vacances, Antoine ne passait pas à la maison comme il le faisait les semaines de cours. Il avait eu des remarques désobligeantes de la part de son père, il faisait attention.

Lorsqu'il était là-bas, on s'envoyait des messages pour prendre des nouvelles l'un de l'autre, pour discuter des derniers titres de ces artistes préférés ou prendre des nouvelles des chats. Antoine avait décidé de me confier son chat : Mira. Comme il s'entendait bien avec les miennes, « il » avait gardé notre plus vieille. Antoine la pensait malheureuse la bas, car elle ne le quittait pas les semaines où il y était.

24 août 2021

Je rentre chez moi vers 21 h15 après le travail. Je monte l'escalier en direction de mon appartement, ouvre la porte et me rends compte que la lumière ne fonctionne pas, les plombs ont sauté. Une forte odeur de plastique brûlé et l'eau du robinet de la cuisine coule, je l'éteins. J'essaie de remettre l'électricité, mais cette dernière saute à chaque fois. Je vais frapper chez mon voisin, à l'étage en dessous, pour savoir s'il s'est passé quelque chose dans l'immeuble aujourd'hui, comme le propriétaire fait des travaux dans le local commercial au rez-de-chaussée, on ne sait jamais. Il me dit que non et qu'il n'a pas eu de coupure de courant chez lui. Il m'accompagne en bas, où se trouve le compteur général. Seul mon compteur est disjoncté. On remet le courant et nous rentrons chacun dans nos appartements respectifs.

L'odeur de plastique est persistante, je me mets à la recherche d'où cela peut venir. Je vois que mon ordinateur clignote, la prise de celui-ci est complètement brûlée. Je le débranche, il y a comme de l'eau sur la prise. Je pense d'abord que quelque chose s'est renversé, mais je ne trouve pas de verre ou autre chose. En attendant, mon ordinateur est mort !

En regardant mon téléphone, je vois plusieurs messages d'« il » me demandant de lui rendre des comptes sur des conversations privées avec l'un de mes amis. Il ne pouvait en aucun cas avoir accès à cela, car j'avais changé tous mes mots de passe en partant !
« J'ai des preuves de ce que je te dis ! Tu vas me le payer ! » Voilà ce que j'ai reçu.

Je fouillais mon appartement à la recherche de micros ou d'autre choses ! Rien ! Comment pouvait-il savoir certaines choses ? J'avais déjà émis l'idée à mes proches qu'il se passait des choses bizarres, mais ils ne me croyaient qu'à demi-mots.

Je vérifie toutes mes connexions, Facebook, Google… et me rends compte que mes appareils, ont été connectés à une heure où ni moi, ni mon fils n'étions à l'appartement. Je suis persuadée qu'« il » est rentré chez moi ! Je passe une nuit presque blanche ! Je stresse ! Est-ce possible qu'il rentre chez moi ? Comment ? Pourquoi ? Depuis quand ?
Je décide d'acheter une caméra dès le lendemain.

26 août 2021

Carla me propose d'aller faire un tour au marché festif du village où un feu d'artifice doit être tiré. Je propose à Antoine de nous rejoindre, si son père est d'accord, bien évidemment. Son père accepta. La soirée était festive et nous étions heureux d'être ensemble.

Nous rentrons vers 1 h 30 du matin, Antoine n'était pas ravi de rentrer là-bas, alors il rentre chez moi tout en prévenant son père qu'il passe la nuit à la maison et qu'il rentrera dès son réveil. (Nous habitons à 500m à peine, je le rappelle)

27 août 2021

Antoine vient de se réveiller, nous discutons tranquillement devant notre petit déjeuner, quand la sonnette retentit. J'ai pris l'habitude de regarder par la fenêtre de la chambre d'Antoine, qui donne juste au-dessus de la porte d'entrée de l'immeuble. Là, deux gendarmes se présentent et me demandent si mon fils est avec moi.

Nous descendons ensemble à leurs rencontres.

« Ton père nous a appelés ce matin, car il était inquiet que tu ne sois pas rentré hier soir
- Mais je lui ai envoyé un message pour le prévenir que je dormais ici ! Répondit mon fils
- Il ne nous a pas parlé de cela ! rétorque le gendarme.
« Madame, essayez de respecter les jours où votre fils doit être chez son père ! Cela vous évitera des visites de ce genre ! » me dit-il.
J'acquiesce, les remerciant et nous rentrons à l'appartement, interloqués par de tels agissements de sa part. Une colère nous envahit.
« J'en peux plus ! Jusqu'à faire venir les flics alors que je l'ai prévenu ! C'est plus possible ! » me dit Antoine.
Il fit un courrier à la juge des enfants pour lui demander de rester chez moi à la vue des difficultés avec son père. Il demanda à Carla de poster la lettre sans que je n'en sache rien.

28 août 2021

Je n'ai parlé à personne de mon achat de caméra. Tellement peur de passer pour une parano auprès de tous. Je déballe l'objet, lis les instructions et choisis la meilleure disposition possible et discrète. Je la place dans mon entrée, face à la porte. Je la connecte à la Wi-Fi, installe l'application sur mon

portable, règle les derniers paramètres et la teste.
Tout a l'air de fonctionner. Il me faut des preuves !
Des preuves que je ne suis pas folle comme il veut le
faire croire à tout le monde ! Comme m'a dit le
gendarme : « Sans preuves, c'est sa parole contre la
vôtre... »…

La journée se poursuit avec des centaines de
messages reçus ! Encore ! Me demandant des
comptes sur mes conversations privées… je ne
réponds plus ! Lassée, blasée par tout ça, j'ai hâte de
retrouver Antoine !

29 août 2021

Des messages, encore toujours ! Me
demandant de passer chercher mon fils, alors qu'il
vient tout seul d'habitude ! Qu'il faut qu'on parle,
qu'il veut savoir des choses… Il insiste, persiste… Il
est en boucle… Je récupère Antoine, heureux de me
retrouver. Il me raconte sa semaine, terrible ;
  Son père lui a encore posé dix mille
questions sur moi, sur ma vie… et « il » a décrété
que dorénavant, Antoine laissait ses clés chez lui
quand il était chez moi ! De peur que j'aille fouiller !
  Des discussions interminables sur le fait que
je « détruis la famille », des soirées avec l'ivresse de
son père… une visite d'un de ses oncles, où « il » en

profitait pour me critiquer et me menacer de toutes sortes de choses…

Je réconfortais mon fils du mieux que je pouvais… je lui dis que j'avais placé une caméra dans l'appartement. De ne rien dire à son père. Il savait combien je me sentais menacée et savoir que j'avais placé la caméra me rassurer et lui aussi.

Antoine reprit les cours le jeudi suivant. Dans cette atmosphère pesante. Il rentrait en première, année charnière avant le BAC et d'autant plus importante pour la suite de ces études. J'aurais aimé qu'il ait de meilleures conditions de vie que celle-ci. En plus, sans ordinateur, pas simple pour les cours… j'ai fait expertiser le matériel et l'ordinateur n'était pas réparable. Je suis donc allée en acheter un d'occasion, payable en plusieurs fois, que je n'aurais que dans les prochaines semaines.

On essayait malgré tout de se changer les idées et de profiter de chaque instant avant son départ le dimanche soir. On parlait des cours, des profs « relou » dès le premier jour, de son rappeur du moment qui lui avait demandé de gérer un de ses réseaux… des petites balades et des virées chez mes copines pour se changer les idées.

Antoine repartit donc, comme convenu, le

dimanche soir à 17 h tapante. Son père l'attendait pour aller chez ses grands-parents.

Depuis cette dernière semaine d'août, j'avais beaucoup de mal à dormir, pensant qu'« il » allait faire irruption dans mon appartement pendant la nuit…
Ce dimanche soir, comme les soirs précédents, j'ai eu beaucoup de mal à dormir. Mon couteau sous l'oreiller « au cas où… » La caméra n'avait filmé que les chats navigant jusqu'à la gamelle ou Antoine rentrant des cours, lui faisant un coucou dès son arrivé. Rien d'autre… ce qui nous amusait lorsqu'on visionnait les images.

Ce lundi 6 septembre, fut une journée comme toute les autres : Antoine passa me faire un petit coucou avant le début des cours, sa journée était assez chargée, un bisou à son chat et repartit.
Comme chaque jour depuis des mois, Justine venez me chercher pour aller au travail à 13 h. Je profitai de mes pauses pour jeter un coup d'œil à la maison avec mon application. Rien… dès mon retour chez moi, je mangeai, tout en envoyant des messages à mon fils, pour lui donner un peu le sourire.

7 septembre 2021

Un mardi comme un autre. Petites courses le matin et boulot à 13 h.

Dix-sept heures, c'est l'heure de la pause. Je visionne les enregistrements de la caméra et là, je le vois rentrer chez moi ! J'ai enfin la preuve que je ne délire pas ! J'abrège ma pause, euphorique, et pars raconter à Justine que c'est bon, cette fois j'ai la preuve !
Je jubile presque de cette nouvelle, enfin, la vérité va éclater !

Au moment de partir à 21 h, je montre la vidéo à Justine, mais je découvre qu'en fait, il a mis le feu à des éléments de chez moi ! Je suis en larmes. J'entends mon téléphone sonner, un SMS : « Tu viens manger avec nous ce soir ? » Quel culot ! Il met le feu à mes affaires et me demande si je veux venir manger avec lui ! Nous attendons notre cheffe et amie, Alicia, qui est au courant de la situation et j'appelle la gendarmerie sur le parking, tremblante. Le gendarme me dit qu'ils ne peuvent pas se déplacer, la brigade de garde n'est pas celle d'ici et que si vraiment il y a un danger, les rappeler une fois sur les lieux !

Encore une fois, j'ai l'impression de ne pas être prise au sérieux.

Les filles connaissent le fils du maire, qui habite juste sur la place en face de chez moi. Elles lui demandent de nous rejoindre au cas où il serait encore là et pour me servir de témoin.

Il nous attend devant chez lui. Une présence masculine nous rassure toutes les trois. Nous rentrons dans mon appartement, une odeur de plastique brûlé envahit la pièce. « Il » avait pris soin d'entre ouvrir une des fenêtres. Les chats étaient apeurés. Je fais le tour de l'appartement, le vieil ordi, le fils du téléphone, ma prise de parfum d'ambiance… il m'est impossible de rester dans cet environnement. Alicia me propose de dormir chez elle et de m'accompagner à la gendarmerie le lendemain.

Antoine m'envoie plein de messages, inquiet que je ne lui réponde pas.

Je lui raconte brièvement que son père est rentré dans l'appartement et que je ne peux pas rester dans les lieux. Je lui demande de ne pas s'inquiéter (même si cela me semble impossible). Il me dit qu'il me rejoindra dès le lendemain, dès le départ de son père.

Je n'arrive pas à manger, ni à dormir ce soir-là.

Une boule au ventre et de multiples

questions me taraudent.

Nous sommes prête de bonne heure, ce matin-là. Antoine nous rejoint et je lui explique tout ce qu'il s'est passé la veille. Il n'a pas beaucoup dormi non plus. Il a attendu le départ de son père pour se préparer et venir. Nous visionnons la vidéo en entier et le voit en train de souffler sur l'imprimante. Cette scène m'avait échappé ! Je me précipite vers l'objet. Elle est complètement fondue a l'intérieur. Nous enregistrons la vidéo sur une clé USB et partons pour la gendarmerie.

Un gendarme nous reçoit, je suis tétanisée, stressée, apeurée, mais lui pose la clé sur le bureau en lui disant :
« - Il fallait des preuves ! Les voilà !
- Racontez-moi ce qu'il se passe, mais pour vous répondre, c'est à nous de trouver les preuves, pas a vous ! »

Il prend ma déposition en me posant plein de questions. Pendant ce temps, un de ces collègues visionne la vidéo. Vingt-deux minutes ! Il est resté 22 minutes dans mon appartement ! Le gendarme n'en revient pas du manège qu'il fait : casquette, lunette, gants, masque chirurgical… la panoplie complète.
- Il s'est cru dans les experts !? Me dit-il

Ils viennent prendre des photos de tous les endroits où il y a des traces de feu et demandent à Antoine de ne rien faire sentir à son père le temps des investigations. Il lui reste quelques jours là-bas. Le dossier va être rapidement envoyé au procureur, mais il faut attendre le retour. Il me conseille également de faire des devis de réparation sur tous les objets touchés et de prévenir mon avocate.

J'appelle mon propriétaire pour le prévenir de ce qu'il vient de se passer , de prévoir de changer les serrures de la porte d'entrée, je me charge d'acheter une serrure pour mon appartement. Alicia, Carla et Justine ne veulent pas que je reste ici, donc je prends quelques affaires et reste dormir chez Justine pendant quelques jours.

Antoine est inquiet, il pense que son père peut s'en prendre à lui. Il panique, il a peur ! Je lui dis de tenir le coup jusqu'au dimanche, même si au fond, moi aussi, je panique. Le savoir seul, là-bas, est insupportable.

Je préviens mon avocate de ce qu'il s'est passé. Elle me donne une liste de documents à lui fournir et j'obtiens un rendez-vous avec elle la semaine d'après. Je prends contact avec mon assureur, mon propriétaire… pleins de démarches, de dossiers à monter, de documents à rassembler…

« Il » pose plein de questions à Antoine, « il » a remarqué que la serrure avait été changée à la porte d'entrée. Antoine lui dit qu'il n'en sait rien, qu'il n'est pas passé chez moi vu qu'il lui a interdit. Mon fils m'envoie des messages régulièrement et nous nous soutenons comme ça.

Heureusement, nous sommes soutenus par mes amies. Elles sont présentes à chaque moment.

Les journées sont longues, sans sommeil, pleines de stress et de larmes.

Alicia m'incite à raconter ce qu'il se passe dans ma vie à mon responsable. De toute façon, il va falloir que je m'absente pour mes rendez-vous en vue de la procédure, il vaut mieux le prévenir. Le moment est compliqué pour moi, je ne suis pas du genre à m'étaler sur ma vie. Mon responsable est très compréhensif et à mon écoute.

Le week-end arrive enfin, je décide de rentrer chez moi. Justine me dépose le samedi matin et Carla prend le relais, passe la journée et la nuit à la maison.

Aucune des deux ne veut me laisser seule.

La retrouvaille avec mon fils est une bouffée d'oxygène ! Enfin, je le sais en sécurité avec moi. Nous passons la soirée à discuter tous les deux, heureux malgré le stress.

C'est Alicia, qui me conduit à mon rendez-vous chez mon avocate, accompagnée d'Antoine qui a reçu la réponse de la juge pour enfant. Elle fait une demande de mesure d'éloignement à la juge des affaires familiales, avec l'exposition des faits, la plainte et tous les papiers nécessaires. Elle me suggère d'aller voir une de ces consœurs pour les droits de mon fils, ce que nous faisons dans la foulée.

Quand Antoine sort de son rendez-vous, il est sous le choc de la réaction de son avocate à la description de tout ce qu'il s'est passé. À force de vivre de telles violences, nous les avons normalisées, alors que cela n'est absolument pas normal !

14 septembre 2021

Sur mon téléphone, ce mardi matin, un message de la gendarmerie, me prévenant qu'il y a eu perquisition à son domicile et de la garde à vue de « il », qu'il nie les faits, mais qu'il ne lâchera pas ! De prévenir mon avocate.

En début d'après-midi, le gendarme me rappela pour me prévenir qu'il niait toujours les faits qui lui étaient reprochés jusqu'à la vue de quelques images de la vidéo, il a enfin avoué et qu'il allait être convoqué en comparution immédiate dans la journée à la demande du procureur.

Mon avocate me contacta dans la foulée et je me rendis auprès de mon assureur pour monter le dossier d'assistance juridique.
Après avoir demandé au gendarme,

j'emmenai Antoine, récupérai ces affaires chez son père et le chat rester là-bas, à la hâte, avant le retour de « il ». Comme me l'a signifié l'adjudant, je ne pénètre pas chez lui et attends mon fils dans la voiture.

Vers 20 h 30, je reçois un message de « il » avec un émoji avec un pouce lever marqué super dessous. Je me doute qu'il est rentré et qu'il a vu que les affaires d'Antoine ne sont plus là !

27 septembre 2021

Antoine est convoqué chez les juges des affaires familiales en vue de la mise en place de la mesure d'éloignement qui aura lieu le lendemain.
Quant à moi, je suis entendue par l'association France victime.

28 septembre 2021

Je rejoins mon avocate pour l'audience, accompagnée par Carla. Je croise le regard de « il » en avançant dans le couloir du tribunal. Nous réglons les derniers détails et elle porte a ma connaissance les derniers documents de la partie adverse.

Lorsque nous prenons place dans la salle, la pression est intense.

Nos avocats respectifs exposent les faits et les défenses. La juge des affaires familiales accorde la mesure d'éloignement pour 6 mois. Le condamne à des dommages et intérêts et à des indemnités de remboursement du matériel détruits. Avant de quitter la salle, elle lui fait la morale en lui disant que ces actes sont graves et pas sans conséquences, qu'il sera suivi pendant quelque temps.

Soulagée, je rentre chez moi retrouver Antoine.

Les traces sur les murs ainsi que tout ce qui s'est passé dans les lieux… font qu'Antoine et moi nous ne sommes plus vraiment à l'aise dans notre appartement. Je recherche un autre lieu.

Début octobre, Carla m'avertit du départ d'une de ces voisines et je dépose donc ma demande de logement qui sera accordée la semaine suivante pour un déménagement au 1er novembre.

Nous faisons donc nos cartons en vitesse.

Carla, ainsi que deux de mes amis proches, ont été d'un soutien inestimable pendant cette période de transition. Leur aide ne s'est pas limitée à des tâches pratiques ; ils ont apporté bien plus. Mon neveu et ma nièce, avec leur énergie et leur enthousiasme, ont transformé le déménagement en un moment moins pesant, presque joyeux. Ensemble, nous avons empli les cartons, monté les meubles, et arrangé chaque pièce avec soin. Ces petites mains, pleines de volonté et de tendresse, ont été comme un baume apaisant sur les blessures encore ouvertes du passé.

Antoine et moi, dans cette nouvelle maison, ressentons enfin une forme de légèreté, une sensation de renouveau. C'est comme si chaque objet que nous installions nous rapprochait un peu plus de ce qui était devenu notre normalité, loin des ombres du passé. Ce déménagement symbolise un véritable tournant. C'est une invitation à aller de l'avant, à ne plus regarder en arrière. Le passé n'est plus qu'un lointain souvenir, et la maison qui se dessine sous nos yeux devient peu à peu le reflet de ce que nous sommes aujourd'hui : plus forts, plus unis, et prêts à bâtir quelque chose de nouveau, ensemble. Antoine et moi pouvons enfin commencer à écrire un nouveau chapitre, un chapitre où nous décidons de prendre en main notre bonheur, sans peur et sans regrets.

REMERCIEMENTS

Merci d'avoir lu l'histoire de ma vie.
Ce récit n'a pas été facile à écrire, mais il m'est nécessaire.
Des « il » ou des « elle » il y en a partout !
La violence arrive parfois subtilement par des mots, des gestes, des attitudes répétées… À tout niveau ! À l'école, au travail et pire à la maison, un père, une mère ou un mari. Il ne faut pas accepter d'être dévalorisé et de perdre son estime de soi à cause de quelqu'un de toxique, qui qu'il soit.

Faites attention à vous.

REMERCIEMENTS

Je tiens à remercier mes amis, Carla, Justine et Alexia, qui ont été d'un grand secours, d'une écoute et sur qui je peux toujours compter.

Merci à tous ceux qui m'ont soutenu pendant cette période très compliqué : l'infirmier, mes amis pour mon déménagement, mon neveu et ma nièce, mes patrons des gîtes...

Merci à mon ancien responsable pour son écoute et sa bienveillance.

Merci également à tous ceux qui ont fermé les yeux, cela m'a permis d'ouvrir les miens.

Et surtout, merci à mon fils Antoine sans qui je ne serais plus là. Merci à toi pour ton soutien indéfectible, merci d'être qui tu es et de m'avoir poussé à écrire ces mots.

Mary Jam